CHEN TU

刘海军　著

吉林出版集团股份有限公司

图书在版编目（CIP）数据

尘土 / 刘海军著 . — 长春 : 吉林出版集团股份有
限公司 , 2021.8
ISBN 978-7-5731-0294-2

Ⅰ . ①尘… Ⅱ . ①刘… Ⅲ . ①散文集－中国－当代
Ⅳ . ① I267

中国版本图书馆CIP数据核字(2021)第164635号

尘土

著　　　者	刘海军	
责 任 编 辑	齐　琳	
责 任 校 对	周　骁	
封 面 设 计	明翊书业	
开　　　本	880mm×1230mm　　1/32	
字　　　数	72千	
印　　　张	3.75	
版　　　次	2021年9月第1版	
印　　　次	2021年9月第1次印刷	

出 版 发 行	吉林出版集团股份有限公司
电　　　话	总编办：010—63109269
	发行部：010—63109269
印　　　刷	三河市国新印装有限公司

ISBN 978-7-5731-0294-2　　　　　　　定价：49.00 元

当你不再追逐外在的成功以掩饰自己的卑微时，

你才真正强大了。

序

成年人的世界没有容易二字

　　作者可以谈得上是一位刚刚进入而立之年的偶有困惑的基本成功者，为什么这么说呢——在一个县城邮政部门工作——见《对于未来的未知》；有时候连自己也无法理解自己——见《只想静静的写篇文章》；有房有车，还多出一套房。重要的是没有房贷，没有车贷，妻子在身边，父母安康，儿女绕膝，每年的收入能够大于支出，兄弟遍南北，去一趟内蒙，所有的开销都能由同学负责。领导信任，同学友好，给同学打个电话帮忙冲储蓄任务，同学二话不说就汇来五万——见《30岁的中年危机》；但总觉得自己不快乐。他感悟出：快乐是心的状态！——见《人生的意义》。

的确，刚刚进入而立之年，就感觉到了"中年危机"，看到周围人们的困顿，感觉出命运的卑微——见《30岁的中年危机》；在国企忙忙碌碌地干着，又觉得不晋升没出路。跳出了这个国企，又去面试另外的国企，也没有音讯，不知未来在何方。但相信总会有吃饭的地方，希望总是不能丢的——见《对于未来的未知》；变成了一个新入职的老员工，却坚信只要人活着，心活着，那么就是在前行——见《新入职的老员工》……

我是一位比他大一倍还多的老妪了，却感觉我的人生感悟真的没有他深刻！也许他爷爷的性格和所作所为，对作者尚不太长的人生起了一个榜样的作用——见《我的爷爷刘益》。

《真正的价值观》这篇短文，作者提出了自己的观点及真正的价值观，就是：恒定的价值观，不变的价值观，始终如一才能叫真正的价值观！但是这个世界能够接受真正的价值观吗？

从《领导》这个小短篇，感觉出作者非常无奈。于是他劝后人，如果遇上了后者这种领导，那就把心放大点。既然相识，就是缘分，那就尽量地去发现对方的优点，去接纳他，至少不要排斥他。

都强调人要与时俱进，于是作者经历了"真三"，经历了"王者荣耀"，经历了"爱奇艺"等等。大概觉得这些东西有点耗费生命吧，就都删掉了。但最后却沉溺于"短视频"，而且居然一看四五个小时都不带换姿势的，跟古时的抽大烟有的一比。没人想静下心来读读书，更没人想静下心来写几个字，人人心情浮躁，只有从短视频中寻找些许安宁，这将是一件多么可怕的事情。

现在社会的人身基本实现了自由，想去哪里，只要经济条件许可，就可以去哪里；思想也实现了自由，只要你能想得到……然而选择却不是随心所欲的。个人条件都允许的话，你想做些什么选择，不会太困难，但是大部分情况下，做选择不是那么容易。于是作者感悟到：如果你的先天不足，就只能后天努力。人在屋檐下，就不得不低头。但低头终究是等待着离开屋檐的那一刻——见《选择的自由》。这句话相当赞。

这个世界是残酷的，没有人为你的不如意买单，你只有笑对不如意的人生才能不被自己所打败！就像那位赚着外包用工的2000块钱，却要养着老公养着三个孩子的女人——见《别被自己打败》。

时代的进步是不可抗拒的，从抵制触摸屏，到感叹"小霸王"的破产，时代不会为任何一个人停下脚步——见《小霸王倒闭了》；看作者写的《我的股海沉浮之路》，想起了自己的一个朋友，也是爱埋怨，总是想赚快钱，又怪庄家收割他。于是，总是怨天尤人。谁也没绑着他，股市盈亏是自己选择的，不想放长线就钓不了大鱼，怨天尤人有用吗？更何况，你的心智得多差，才能让"一点意外，就可以将你从天堂打到地狱"——见《特殊的孩子》；至于独立思考，网络的导向混乱了人的思维，那么是不是还有一种导向更可怕，"群体没有了独立的思考力，话语权变得极为集中。"——见《独立思考》。

《成年人的世界没有容易二字》，虽然作者刚刚成年也没有多久，但他拥有这么多深刻的想法，着实让人不得不赞赏！

（胡文红，山东青岛人，1955年出生，广东省作家协会会员。有作品《凄凄檐下草》（长篇小说）、《梦断安曼》（长篇小说）、《都是假定惹的祸》（作品集）、《外面的世界》（作品集），另有散文、游记作品若干。）

目 录

人生的意义

　　人生虽然没有过半百，但是马上就要"奔三"。初中开始，就萌芽了些复杂的思想，青春萌动。晚上睡觉，开始闭上眼睛想象故事。不过那时候的追求，就是想象着自己如何厉害，如何掌握世界，如何跟漂亮的女主发生故事。

　　高中开始，对这个世界的认识加深了一些，但是因为学校是封闭式，每天就是三点一线的生活，跟各个科目的老师、习题、考试打交道，所以对这样的生活也十分地厌恶，常常以"应试教育"将其概括。事实上，进入了社会之后，才能发现校园生活是多么美好，没有那么多的忧虑，而且你努力了就一定清晰地看得见成果。

那个时候，我就常常想，以后干什么，才是最应当的。做过些计划，但太简单，又太模糊。上了大学，惆怅的日子更多了。一边逃课、睡懒觉、跟同学组队玩游戏，通宵并不少见，一边不断地自我反省，到底在干什么？自我谴责。但依旧如故。

现在上班已经八年，职级上来说，与刚参加工作并没有什么进步。虽然成绩也有过，但都是浮云。我没有一门心思地钻牛角尖，去攀爬那名利大山。不是我完全不想，是因为我做不到。如果能那样去做，也算简单，也许快乐。

但现在我也不快乐，因为人生的"无意义感"时常侵袭我。有房有车，我已经有了，还多出一套房，重要的是没有房贷，没有车贷。妻子在身边，父母安好，儿女绕膝。每年的收入能够大于支出，兄弟遍南北，领导信任，同事友好，讲起来也相当不错。但不妨碍我不快乐。

如果你不快乐，你没法欺骗自己快乐。人只有一生，那么就必然问自己，怎么过才算没有浪费时间？简单地说，就是什么才是人生的意义。我探寻了多年，围绕这个问题，怎么想也想不透，直到前一阵子，可以说是想明白了，但是仍然做不到。

　　我苦苦追寻的意义，到最后是空白，是没有"意义"。所有的客观的事和物，都是通过你的感知，通过你的感官作用于你，最后产生你的感觉，这就是事实的真相。人空手而来，空手而去，所差别的，不过是经历与体验。而经历是死的，体验却是活的。人的一生只不过是人的不同的感受而已，仅此而已。

　　现在很多人追求财富，钱越多越好。如果你能做到欺骗自己，你完全可以想象自己很有钱，这跟你真的有钱，并没有什么差别。很多人会嗤之以鼻。但是当他们真的达到了他们想象的那样有钱，却并没有得到他们想象的有钱时的快乐。

　　因为快乐是心的状态。

原来人的意义不过是人自己造出来的，你认为什么很有意义，什么就是有意义的。并不真正存在一个有意义的事情，等待人去发现。

戒色

　　有很多内容想写，但是终究是在这个点上，果断地放在第二篇。因为它的重要性，由来已久，而且，在当今时代更为突出。

　　孔子就说过，少年之戒，戒之在色。所以这个问题由来已久。好色是人之本性，但是，被色欲影响、坑害，从未达到今天这样的程度。从当今多少人不孕不育、多少人少年白发、秃头就可以窥见一二。

　　肾主骨生髓，其华在发。现代社会，因为信息化的普及，人的一天，所接收的信息太多太多。而许多人为了利益、为了吸睛，可以说是不择手段。加上现在的电视剧很多围绕着情情爱爱来吸引观众，这样的大环境下，靠青少年的自觉自律来规避，可以说是难上加难。

受不良影响的表现就是，晚上就开始幻想。这种幻想消耗人的精神，也影响正常的睡眠，自然就影响正常的学习和生活，进而发展形成一些个不好的行为习惯，就更是伤精伤肾。这种伤又是一种潜在的，如垒沙般伤害。平时很难看出症状，待看出症状时，已经对身心造成较大的伤害。

不要以为一些男科、妇科疾病离自己很远。事实上如果你有这样不良的习惯，不改正的话，久而久之，这些疾病就会发生在自己身上。

大学时，我也十分憎恶一些不负责任的男人，我也信誓旦旦地认为婚前发生关系和堕胎行为绝不会出现在我的身上。然而事实打败想象，这些行为，实实在在地发生在自己身上。因为自己不做好把控，没有做好计划，让自以为绝不可能做的事情，一件一件成为事实。

大学暑假期间，我也有接待过一次前女友，那时候，双人间各睡一张床，现在想来，正是因为什么都没有，才能干干净净，清清白白，没能走在一起，也没有什么干扰羁绊。

　　我跟我爱人结婚后，我也有问她，如果后来我又不要你了怎么办。她回答，那还能怎么办，就分了呗。

　　我的思想还是偏于传统的，从她的回答我只看出可能的无奈，男女之间的交往女生毕竟吃亏，所以洁身自好很有必要。当前存在的许多糟粕思想反过来驱逐优秀传统思想，并且越来越严重，不知道这是刻意为之，还是时代发展不可阻的脚步。但千万不要认为，我们曾经败给西方，我们就是什么都不如西方！

真正的价值观

"三观"存在于每一个成熟的人，哪怕有些人确实总结不出自己的"三观"，但是在做选择的时候，仍然会不自觉地启用这一套工具。

世界观、人生观与价值观，我认为核心便是价值观。不同的世界观和人生观，必须给出确定的价值观。而哪怕不在乎世界，不在乎人生，也得有基本的价值观念。

价值观根植于内心，但它也非一成不变。哪怕是成熟的人，具备的稳定的价值观，但它仍然可以随一些人或事的发生，而改变。

如果价值观发生翻天覆地的变化，无疑为一个人的重生。而重生之后是向冰还是向火，向着阳光还是向着黑暗，又有谁能把得准呢？

教育和社会也有给出一些所谓正确无误的，主流价值观，但这些真的能成为你的内心认同的价值观吗？

有时候通过学习，树立了一些价值观念。然而，社会上的人和事，一旦发生，就让你不断地琢磨和怀疑自己价值观念的正确性。你不断地反过来思考，这样真的对吗？这样真的有用吗？为什么别人……为什么他/她这样子，可行？

如果价值观不能用来评价和指导我们的行为，价值观何用？如果价值观本身就不确定，做选择的时候怎么能不迷茫？如果价值观都不坚定，依靠什么去面对这纷繁复杂而又多变的社会？

真正的价值观就是恒定的价值观，不变的价值观，始终如一，才能叫真正的价值观。

小时候我们模仿，等有了一些思维的模型，我们开始思考，开始动用个人的意识判断，来认定对与错，值得与不值得。

　　我以为，没有哪个时代像现在这样的，完全以经济为中心，去做人做事。如果什么都以利益为衡量，这个世界真的很冷酷。

　　但冷酷的世界也总有几处温暖。

领导

领，有引领之意；导，有导向之意；能引领你，给你指方向的，方能称之为你的领导，然而现在，领导是一种职位的称呼。在你级别之上的，都可以称为你的领导。

领导之所以能成为你的领导，必然有它的因缘际会。哪怕对方年龄比你小，学历不如你，经历不如你，见识不如你，就算是所有的能力不如你，能成为你的领导，必然是某方面强过你的。

一个好的领导，亦师亦友；一个让人头疼的领导，拖你后腿不说，还得让你担责。他的出现就是对你的磨砺。

作为职工，最为关心的，最为痛苦的，无非就是，遇到了后者，该怎么办的问题。

事实上，这也是一个利益抉择而已。利大于弊，能忍则忍；弊大于利，千万别忍着。

怎么能让心胸开阔一些呢？一个是用长远的眼光去看问题。今天是你领导，说不定明天就是别人领导了，又或者你是他领导了。

人常说，正确的汲取，不正确的扔掉。然而人不是机器，如果他的话难听，正确的我也听不进去。

做不到是正常，圣人说的那是非凡。

遇到，都是一种因缘际会，世界那么大，你俩撞到一起也是缘分。去发现对方的优点，去接纳，至少不排斥。

短视频

为什么要独独写这个短视频呢，只是因为短视频的神奇。

你看，通过移动互联网的普及，电脑都很少打开了。以前找兄弟朋友们联个网打个游戏，把家里连得跟个盘丝洞似的，现在呢，随时随地，拿出手机坐一圈就搞定了。

刚开始工作没几年时，有点颓废，每天都要打几个小时，妻子很大意见。那时候一狠心，就戒了，戒了之后基本就不玩了。这个基本的意思是，除了每年一次的高中小集体聚会，全年不再玩了，电脑上也没这个游戏了。

后来有一阵子好上了王者荣耀，也是一天到晚玩个不停，有时候周末这样一整天就过去了。后来想想也不应当，就删掉了。

再后来又好上看电影，然后又把爱奇艺给删了。

唯独这个短视频，真是让人很惊异。怎么说呢，我不玩抖音，坚持不玩，就从没有装过。微视呢，装过一阵，觉得有沉迷的危险，就删掉了。可是近期，居然只是在百度上面刷小视频，就能从晚上七点看到凌晨一两点。

也许这样的作息对现在的年轻人来说，没什么不正常的，但熬夜，毕竟对身体有影响，白天都能感觉得到。哪怕是感觉不到，也还是影响了身体。

曾经我每天十点前准时睡觉。曾经我每天还会看看书，练练字。曾经我能静坐几个小时。但是现在，我办不到。哪怕是写一篇千字文，都似乎有困难。

到底还是被社会影响了，被风气影响了。心浮躁了。静下心那么几个小时的时间，都那么困难。

　　难怪我们提起学习，提起写作，还没开始，就觉得难，就觉得完成不了。

　　短视频风靡是一个侧面的显现。就跟快餐一样，刺激要大，因为感觉已经变得麻木。没有那么多的时间等待，只想要立竿见影的效果。短视频往下翻去，是无限的，无限的资源。总有一则吸引你，总有一则给予你刺激，就这样一个一个地刷新下去，没有止境。

　　一则小视频，短的十几秒，长的几分钟，刷起来，却不知疲倦。一刷起来五六个小时过去了。躺在沙发上，床上，各种奇形怪状的姿态，整个人只想眼和脑，还有手指在运动，其它的部位都只想静静地躺着。

　　时代的大船，航行至此，不是哪些人、哪些个别事件可以左右得了的。

选择的自由

社会发展到现在，已不像封建社会、奴隶社会。只要自己不束缚自己，人的人身、思想，皆是自由的。

那什么是不自由的呢？为什么感觉这个世界上，仍然有无数的无奈与无能为力呢？

因为人总是社会中人，家庭中人，做一件事情，做一个选择，总是有那么多的利害关系人，总是有那么多的人和事要考虑。

所谓的人生之路，除了无时无刻都在消逝的时间，就是经意或者不经意要做出的选择。人生的所有选择合起来，就是人的一生。

很多时候，我总是幻想着，在人生之路的关键一刻，迈向那十分渴望又不曾踏入的那条路，时至今日，是否有一个完全不一样的人生，是否人生美满而幸福，不再有遗憾，不再有悔恨，不再有无奈？

想要做出一些非同一般的选择，真是不容易，阻碍太大，内内外外的。终究是没有这个缘，也许有这么个缘，做起来就比较顺，阻碍会少。逆缘来做，很吃力，很难受，最终还是放弃了，却是心有不甘的放弃。

讲来讲去，很多时候，家里的已有条件支持，是很重要的。做一个人，做一件事，都是方方面面的错综复杂的关系，相互影响，相互牵制。家里本身有条件支持，家里的亲人开明，你就敢于去试错，错了也可以重新来过。然而有些人，就没这个条件，也没这个可能。

这样子说来说去，每个人面临的抉择，都是一定条件下的选择题，有些选项，已经被你的先天条件限制了，你不能选，你没法选，你只能看。

然而条件不是一成不变的，随着时间的变化，你的拥有也在变化，如果你的先天不足，就只能后天努力，人在屋檐下，就不得不低头，但低头，终究是等待着离开屋檐的那一刻。

　　如果你总是记得你想去尝试的路，未曾废忘，终有一刻，你能踏上你的征程。要相信！

不认命就是哪吒的命

这部电影，在今天实现了9天时间票房破20亿。我也看了这部电影，个人的感觉，还比不上《银河补习班》，但是这部电影之所以这么火，之所以票房逆袭，我想很大程度上只是因为这句话而已。

为什么"不认命"这么火？因为太多太多人不得不认命。

他们受制于命运，无法改变，也无法接受。

后来看到相关的文章，看到导演饺子从华西药学院毕业后，有三年时间没有工作，就是在家闷头画画，靠着母亲每个月1000块钱的退休工资生活。

让我想起了李安妻子对李安讲的话，"安，别放弃你的梦想。"

我不想赞叹饺子，因为成功的人本身就是极少数。但是这极少数，经历过多少的怀疑、讽刺，只有自己知道。

但还有那许多数，他们也有自己的想法——甚至不称为梦想。他们想为之而努力，然而没有人支持他们，连最亲的人也不支持，甚至于要挟、威逼利诱他们听从和放弃，只为了从自己的视角出发的——为你好。

就是这句"为你好"，囚禁了多少人，扼杀了多少创造力，制造了多少事故，不得而知。

当然，还有许多人，因为各种各样的其他的原因，不得不低头弯腰，苟且生活。

苟且一时易，苟且一世难。人之所以好好活着，莫过于那一片希望，哪怕没有看见，也存在于心底。而如果没有了那片希望，心如死灰，人如行尸，不知道存在的意义。

成年人的世界没有容易

之所以写这个题目，只不过是因为想了很久，想来想去，就想到这句话，于是把它作为标题。

每个时代有每个时代的特征，也会有每个时代好的方面和不好的方面。所以说这个时代是最什么什么的，我是反感的，媒体喜欢用"最"字，因为它吸引眼球而已。多少个"最"名不副实。

马克思主义里有一个"认识世界"和"改造世界"，而我总结了我这小段人生的经历，我发现人就是做两件事，就是认命和改命。何谓认命呢，就是已存在的现实，包括你的背景，你的技能，你做过的错事等等，接受它们。听起来容易，做起来难。很多人做不到，而且对于这些无法改变的人和事，他们总是想向天大喊，为什么？凭什么？

也许有原因，但你无法知道。

第二个事就是改命。每一天，都在用自己的思想和行为在书写着历史。改命真不容易。前一段时间，寒门难出贵子很火。事实上它为什么这么火，正是因为大家的认可。阶层哪里都有，但想跨越阶层真的不容易。

怎么做好"认命"，就是要认识到它已经存在，它的过去已经无法改变，或者根本就无法改变。比如你的父母。对于无法改变的，只能接受。如果接受不了，就是无尽的痛苦。而接受了，也就接受了。很多人与事，其实只不过是心里的一道无形的坎，根本没有实际的存在。

怎么去"改命"？当然只有顺应规律去改，才能得到自己想要的结果。逆了社会的规律、人与人之间交往的规律，结果当然是事与愿违。这里送给大家一个最基本的规律，就是互惠。你对我好，我对你好。与人为善，与己为善。

写这篇文章的今年，是国家成立70周年的大庆之年，不得不给我们国家点个赞。中国已经可以平视这个世界了。

然而作为普通的个人，我也关注到很多年轻人的压力，当然我也有我自己的压力。不知道未来怎么样，也不知道应该如何为未来努力。

每个人有每个人的不容易。

多数人总是放大自己的痛苦，忽视自己的幸福。然后以痛苦刺激自己不断努力，以获得幸福。

每个人都是平凡的人，根本就不存在伟大的人。伟大的人是时代给予的定义，也是我们给别人的定义，对于每个个体自身，都是平凡者，都是普通人。

让我们继续在生活的不确定性中前行吧。如果前路永远是茫茫的，不如把握好每一刻。在不容易中，认真过好一天，也是成功。

30岁的中年危机

而立之年，立得住吗？

前几天想起很久没打电话给某大学同学，就打了个电话过去，本想好好地聊一聊，但是电话那头，却是十分疲惫。谈不了几句，就是一声短叹或者长叹。若是学校的时候，肯定是出去吃一顿或者喝一场，烦恼就烟消云散了。然而这一刻，我却无能为力，感觉说什么都是无力的，只能草草挂了电话。

是啊，还有不少兄弟们，在一线二线的城市，工作着，不知道什么时候买得起当地的房产，又或者根本没这个打算。一天天过着日子，不知道未来在哪里。

　　我是个例外，我从县城打拼着，想往省城走。但负担一样或不一样，都无形地压在每一个中年人的身上。事业没什么起色，受了父母养育多年，总想有些能作为回报的，养育孩子可能需要父母出力，但不能再让父母出钱吧。

　　我有两个孩子，都上幼儿园了。幼儿园近四千一个学期，一年八千，两孩子一万六。车子一年油费得七八千，保险四千，这么一加，近三万了。每个月的生活费开支得一千吧，算四万吧。宽带费、燃气费、水电费、物业费、手机费、人情往来费，妻子为了照顾孩子，也辞了薪水本不高的辅警工作。特别是我本人还在读在职研究生，一年的学费也有两万。一年辛苦下来，什么都余不到。

　　还记得以前儿子常感冒哮喘的时候，有时候一个月去医院几次，输液、做雾化什么的，有一次一个感冒前后花了三千多。这就是柴米油盐啊。

我的一位兄弟，父母是农村的，母亲突然患了重病，家里本来没什么积蓄，又有谁知道这一病，他家又负上多少的债务。只是怎么他都不肯张口。

我这位兄弟，大学毕业后，他在北方，我在南方。参加工作两三年，我结婚了。他人没来，随礼随了两千。我以为两千是那一帮兄弟们一起的红包，哪知他一个人就是两千。另外三个哥们一人两千，光他们四个，礼金就是八千，人都没来。

真的感动，现在想起来，也是感动。大家的情况我能猜想到，那时我自己两年下来，也就余了两万块钱，还是吃住在公司。

胖子，刚参加工作几个月吧，我打个电话充储蓄任务，二话不说汇来五万。这笔从北到南的汇款，是充分信任的汇款，是情谊的汇款。所以今年是工作第八年了，常常说回去看看兄弟们，一直囊中羞涩，假以别的借口。今年上半年狠下心，还带上妻子孩子一起去了内蒙古。尽管花了万把块，但下飞机后，开销就是胖子负责了。

不知道有多少年轻人是这种状态，上班等下班，下班玩手机，游戏、小视频、小说、电影等，玩起来又恨不得通宵。一个人过日子已经悠哉悠哉，不想，也有可能是不敢，去思考成家，或者事业成就什么的。

　　到底是个人的眼界太狭窄，还是确实是实情？身边很多同龄人没有结婚，也不做准备结婚。而结婚的，又不少离婚的。乃至于五十岁的长辈，婚姻也出现问题。如果家庭、事业都没有稳定性可言，那么这世上，又有什么追求和相信？

　　不知道该怎么做，才能改变。而一年一年逝去的光阴，似乎都在告诉你，你不过是一个小角色，就像微风刮过，带起的尘土，必将随风而落，无人关注，无人在意，也无法改变卑微的命运。

　　很多时候，我在夜晚沉思，站在阳台看外面的夜景，就是不敢安静地睡去，只是害怕迎接明天，迎接那个无所作为的明天，迎接那个庸庸碌碌的明天，迎接那个费力不讨好、努力仍无法改变的明天。

而此时的文字，就像是旧时的胶卷，它将把此刻完整地记录，用未来印证它的正确，与否。

别被自己打败

如果有人对你说，你拥有改变世界的力量，你一定会认为他很搞笑。因为你根本不相信。

这两天参加了公司组织的一个拓展训练，刚收到消息时，确实是抵触的。认为这些东西就是打打鸡血，没什么实际价值。我是最不喜欢那些发疯式的培训方法了，偏偏现在遍地开花。

参加过后，还是获益良多。特别是其中一个"报告魔王"的环节。在我认为，"报告魔王"这个环节是最难的，也是收获最多最有意义的。

这个活动说起来也简单，就是两个教官，依次跟教官去报告，内容就是："报告魔王，我叫某某某，我承诺，在过程中不管遇到任何困难，我都将坚持到底，永不放弃。"然后教官认为你可以通过，你就通过了。

听起来，比一般的挑战项目简单多了，但参加过的朋友才知道难在哪里。你跟教官去汇报，绝不是轻轻松松就能过的。错一个字，回去。有一点不自信的感觉，回去。如果你能坚定地、毫无差错地说出来，很好，再来一遍。完成了吗，很好，再大声一点。

这是你全力以赴的状态吗？这就是你面对困难的勇气吗？你根本不行！回去，回去！

你要说你行吗，那就把这内容大声地喊十遍。

当然，也有些人没有达到状态，没有在反复打击的过程中发现，原来魔王就是自己。那些一遍遍的否定，在生活中太常见了。生活中没有那么多人给你信心和鼓励，更多的是不同的人站在他们不同的角度评价你，否定你，打击你，甚至只是臆断你的能力，你的品行。除此外，外界也会有很多实际的困难、挑战。

别被自己打败 · · · · · · · · · · · · · · · 031

然而这一切一切，只能通过一个人才能最终发挥出影响和作用，这个人，就是自己。

当外界的声音都在告诉你，你不行，你开始自我怀疑，你开始退缩，最终，你将成功地失败。或者，你还会为你的失败找到各种各样的原因，比如说，右眼皮跳得厉害。

一些人达到了状态，哭泣。我想那肯定不是因为教官的为难，而是一直压在心底深处的负担和困难，全都出来了。而我的力量，也是从那里出来，从那个想自我实现而不得的现实，压抑中的爆发。

所以说，从这个活动中，我发现了上述那个规律。所有的困难和否定，一定是先改变自己对自己的评价，最后才能真正对自己产生影响，那些自我强大的人，就可以真正做到不受外界的影响，能够真正做到屡败屡战，永不放弃。

我有一个同事，从河南那边嫁到湖南，偏偏遇人不淑，老公长期宅在家里居然不工作，而婆婆却宠着儿子。两口子生了三个孩子，这就是说，一家子的收入全靠她。问题她只是我们公司的外包用工，比劳务派遣都比不了，工资就是两千，什么都没有。

我可以想象她的生活压力，然而她却尽她所能，让孩子上尽量好的学校。每天，仍然挂着笑容上班。给我的感觉，真的是女子本柔弱，为母则刚。

做强者

世界上的事，困难，也是人自己赋予的。轻松，也是人自己赋予的。道理都懂，知易行难也是普遍地存在。

有时候会羡慕孩子，委屈了，就放声地哭，就找爸爸、妈妈。因为爸爸妈妈一定会安慰，一定会保护。而成年人的世界，找谁去哭？

我不确实是否因果循环，也许是因果太复杂的原因，不是人能看得清楚的。人本来就是短视。但我能看到的是弱肉强食。所谓人善被人欺，马善被人骑。

所以，成为一个强者是有必要的。如果你是玻璃心，在这个社会完全是很难生存下去，更别提发展。

2020年的春节

　　不知道这篇文章以后会不会面世，也不知道如果面世，是哪些人正在看这篇文章。看到这篇文章，又是否想到2020年的这个特殊的春节。

　　上年末，一场非洲猪瘟突袭而来，今年春节，又上演一场"万万没想到。"

　　真的是怎么也想不到，从我看到武汉发现什么新型冠状病毒的消息，万万也想不到它的影响力有如此之大。活了三十年，印象中头一次过年的时候，街上难看到人，道路上难看到车。

　　作为普通民众，我对这个疫情基本上是不好判断，不知道这个疫情有没有如此之重。毕竟从周围情况来说，除了防疫物资的缺乏是明显的，其他的真也看不出来。

但因为它，春节假期延长，春节电影全部下架，武汉戒严，中央成立防控领导小组，这个力度都不能说小。

众志成城，此战必胜！

我的爷爷刘益

已经是二月的中旬，武汉却下起了不小的雪。

回廖田一趟，每次去，爷爷奶奶、外婆等老一辈亲人，总是觉得要拿点东西走，或者吃了饭再走，好像不这样就失了礼一样。这在现在的一辈人身上，真是见不着了。

比如我爸妈来，或者走，也就打个招呼，就算问要不要吃个饭，可能也是礼节性的，吃或者不吃都无所谓，不像他们老一辈，总是希望能给予一些，否则心里都不舒服。

爷爷带我去他的菜园子里，择了不少菜，小白菜、白萝卜、青菜、菠菜、大蒜、小葱、米椒等。他自豪地跟我讲，以前这一片都是他的，后来种不过来，就给邻居种一些。

他都八十多岁的人了，几年前有一次种菜还摔了一跤。老年人摔跤可不比小孩子摔跤，轻则骨折，重的话……然而他还是"义无反顾"地种菜。

这种闲不住的劲，自我记事起，就是这个样子。

而我自己以前搞的阳台菜园，亏得买了些装备，盆啊、土啊、锄具什么的，就只种到菠菜发个芽，什么都长不起。种菜也不简单啊。

据父亲所说，爷爷八岁丧父，太公在去广东做生意的路上逝世，具体的地点也不清楚，只知道是想赚点钱改造家里的危房。爷爷大概十多岁时，他哥哥因承受不住家庭的重担，精神崩溃，投塘自尽，留下孤儿寡母。十多岁的爷爷就成了家里的顶梁柱。

因家境贫寒，爷爷三十七岁才结婚。陆续生育三男三女，其中一男一女因病夭折。随着年龄增大，爷爷当上生产队长，奶奶当了村妇女主任。但在那个年代，人们的思想与现在是完全不同的。普通人家有时间照顾家庭，柴火、蔬菜、鸡鸭样样都有。而爷爷奶奶家猪圈漏水、厕所露天、锅鼎漏、柴火湿。

我也记得奶奶还跟我讲过，她当干部那会，开会就在自家开，什么好吃的好喝的，都是待客的时候用的，吃剩的才是自家孩子吃的。

爸爸说他们上学有时吃生的，有时没得吃。床是稻草铺的，走楼板像过独木桥，生怕从二楼掉下来。因为爷爷奶奶是一个队里，常常是白天出工，晚上开会。两人都没有时间照顾这个庞大的家庭。开春后家里就常断粮，还要到各处去借粮。听起来，有点像讨米。爸爸说，他也曾跟着爷爷去几十里外借粮。

但爷爷一直希望改善家庭，爷爷鼓励大伯去赚钱，鼓励我爸多读书，十三四岁的两个姑姑先后去衡阳、广东打工。就结果来说，大伯确实赚了不少钱，现在他的三个孩子，至少买车买房都不用皱眉头的。车是牧马人，房是雅仕林。我们家吧，也能算个小康之家。

两个姑姑各有千秋吧。

　　就算是如此，在家庭条件不断改善的过程中，爷爷吃苦的精神一点没变。他是真的不以苦为苦。以前大伯接工程的时候，他六十多岁了，还要上工地帮忙，而且还真在工地做了几年。回到家里，也是闲不下来，各种做家务，打扫什么的。忙了家里的，还要忙外面，刚开始住到镇上，是没有地的，就去借荒地种菜。种菜摔了腿，花了两万多，歇了几个月，没想到好了还种菜。所有的人都否定他，奶奶、他的子女、孙子孙女，然而还是没能阻止他，这不，他的菜又长出来了。

　　我这劳累一辈子又从不觉得劳累的爷爷。

只想静静地写篇文章

渐渐喜欢上夜深人静，只有这个时候敲击键盘的声音，能让我感觉到自己作为一个独立的个体在活着。

最近正赶上《后浪》火，确实，我也没感受到它为啥就火了，但也有评论让我很有感，那就是"无感"。

我看着鱼缸里的虾和螃蟹，我在想，它们在想什么。

我的妻子从房间里走出来，把我的手机一丢，十分烦恼我的手机吵到了她睡觉。

——

想写文章很久了，居然一直没写。计划戒小视频计划了几次，却仍然不知道以后某个时间，会不会破戒。

我，就是一个普通的人，一个三十岁仍然迷茫的人。一个上着班，却不知道为何上班，却仍然要上班的人。

一个芸芸众生中，看不见脸的人。

跟亲人诉说，一句句我理解，听着像敷衍。

理解，有这么容易吗？有时候，连自己也无法理解自己。

有句话是这么讲的，如果你决定做某件事情，最好的时间有两个，一个是十年前，一个就是当下。

你说这句话对不对？

对于未来的未知

（一）

吃过的苦再回忆起来，确实是甜的，但不代表还愿意再去吃这样的苦。

上个月，正式离开了邮政企业，工作了八年的企业。一部分的原因是孩子们去长沙上学，也不想让我的母亲再去操这个心，再个孩子还是自己带比较好。另一个原因也是在县分公司工作太久，长期没有升迁，要求越来越多，感觉看不到向上的迹象。

记得刚参加邮政工作时，因为搞错了还要签一个合同，差点误了时间，当天下午慌忙赶到省公司，已经下班，在路上还给我迎上一场冷雨。人生第一次入职就有些波折，当时的心情也蛮冷的，是害怕出现什么变故。转眼都这么多年了。

到县里参加工作，赶上打贺卡战役，公司缺一个设计员。先后喊了两个大学生去市公司学，都觉得难，最后让我去。学了两周，还是挑起了全县的贺卡设计。后来什么宣传单设计，广告设计，都做。

记得学习时，市公司没安排我住的地方，晚上就睡办公室的椅子。那感觉，现在都历历在目。白天只是站在后面看，人家没空搭理你，只有靠晚上自学。

起步了之后，晚上我就把《新三国》从头到尾看完了。我是个三国迷，诸葛亮我自称为师父。被其智慧、忠心和坚韧感染，特别是那一颗明知其不可为而为之的心。

搞贺卡设计搞了两年，都是年末，闲的时候把我放下去做营业员，忙的时候又抽上来。做设计一个人做整个县的，还好县里的客户多数要求也不高，但也有高的，改来改去N遍的也有。两个多月的时间，天天从早八点搞到晚八点，没有周末。以前公司交给设计公司做，一个稿就是几十，所以成本高，台历的价格更高。一年大概有三四百个成品，做几个月下来，提成也没多少。

但那时我也没啥意见，当时部门领导也开明，闲的时候，我请假他都批。那时候学车，没搞贺卡的时候，一周有时候只上一天班，也不影响工资，当然那时候工资也就1700。

做贺卡的时候离不开一个网友对我的帮忙，网名叫"生命的安顿"。我叫他大哥，他把昵图网的账号共享给大家使用，真正的一分钱不要，也没有其他任何利益。所以很多年后我都感谢他。

后来去了市场经营部，带我的位元主任，跟我的脾气很合得来。也是做事型的，不讲些虚伪的话。有时候比我还直。我至少不认同领导的时候，我不会当面说。他有时就当面说。

我在市场部的时候，刚开始写经营分析的时候很认真，什么亮点，什么未来，市场的模式，都认真地写。有两个点提得很早，比全省实行要早得多，一个是客户关系管理的系统化，还建了一个客户信息系统的雏形。后来全市推信息化管理的时候，还是起到了一定的作用。一个是支付闭环的打造，就是收付的闭环，那时候我们那还没微信呢，更别说移动支付。但是这里有一个关键点就是当时刷卡支付还要手续费，我的草案里是将这个手续费全部作为企业的费用成本，全额补贴商户。估计也是因为这个点，没有推行吧。

（二）

　　在市场部的时候，在市公司一位老师的帮助下，成长较快，在报纸上见稿数量越来越多。后来确实是自己写得少了的原因，加上自媒体时代，纸媒不断地停办，写的欲望越来越低。

　　九年时间，要回忆起来，太多的人，太多的事值得写。中间停薪留职一年，在外打拼的期间，吃过不少苦，也是见识，也是成长。后来又回来公司，确定也经历一段低谷。然后凭借自己的努力，扎实的工作，又再一次得到领导同事的认可。

在快包部的时候，也常常加班，有几次大客户漏货，凌晨跑到单位去开车，到客户仓库拉货，送到市里。日常的每天加班做搬运工那就不讲了。但那时候团队开心。

后来搞党建纪检，又来到办公室，之后位元主任换到办公室主任，那段时间确实是在邮政最开心的日子，哪怕是在最忙的旺季营销，我们也抽空利用下支局的机会，搞点别的活动，挖野菜、挖竹笋、看些不知名的景点，等等。但我们的任务仍然完成得最好。

如果工作一直这个样子，也挺好。

当然是很难的了，之后就是各个条线要求越来越严。

真的是上面千根线，下面一根针，做得好是应该，做不好还得担责。最重要的一点是，不晋升没别的路可言。你看投递员，做了几十年，仍然是投递员，没有一点变化，你怎么去要求别人工作的质量？你至少得让人有点盼头吧，不会分个一星二星三星到五星的投递员吗？到投递主管或者投递讲师吗？营业员也是一样。反正当不上干部，都没晋升可言，所以我觉得必要的晋升制度还是应该有的。

日子有时候真的稀里糊涂地过着，我也不知道未来在何方，我也不知道当这篇文章面世的时候，我做着怎样的事业。但是我知道总会有吃饭的地方。希望总是不能丢的。

新入职的老员工

真是比较尴尬，哪怕我自己，也会觉得这段时间过得怎么跟做梦似的。我完全无法预料，自己会在这么短的时间里离开了自己工作了这么久的单位，但确实它就这样发生了。

今天很想写一篇文章，但却忘记写什么。

我只知道我还在前行。只要人活着，心活着，那么就是在前行。

初衷很简单，本来计划好的在县城里平淡地度过一生，不知怎么，就突然地转了计划，也许还是作为父母那份潜意识里对孩子的爱吧，总想把最好的给予自己的孩子。

或者是看到妻子和母亲对孩子的这份心，不忍站到对立面吧。但母亲把我照顾大了，绝不可能再让她照顾我的孩子。自己的孩子必然是要自己去教育、去陪伴的，哪怕过程再艰辛，再难。

入职之路确实比想象的难一些，这样的经验也可作为后来者的参考，但真正遗憾的，还是年轻的时候，父母给了过多的束缚。回顾往事，最遗憾的，莫过于在初三时期没有正确的价值观引导，染上恶习，开启了人生第一个大转折之路。

但过去的事总是过去了，就像梦一样，但又跟梦不一样。美梦噩梦，梦醒皆无。

作为这个年纪，再跟小年轻去比考试，确实是吃力了些，又很久没有去考了。从原单位出来，环境都变了，任何企业、单位对你跟对任何一个陌生人一样，就只是一张张内容不同的简历而已，毕竟没有了解，没有感情。

入了职，也像一个刚入职的职员一样，领导要熟悉，业务要熟悉，同事要熟悉，坐在办公室，什么事都使不上劲，那种环境的清晰感，对工作胸有成竹的感觉荡然无存。老实说，感觉不好。

但人生就是一种体验吧。什么样的体验都在改变，什么样的体验，都会过去。

明天又是新的一天。

当代年轻人的压力

世事的变化是个人所不能想象的，我想，我能做的，就是抬起头，坚持走下去！

昨天，我从一个新单位离开，因为没有入职，所以也谈不上离职。确实有点不敢想象，一个三十多的人了，还有两个孩子呢，家庭在这里呢，这么搞有点危险啊。

但确实是，做不了。刚入职领导就给大材料让写，不会的就自己去问，我去问哪个？工资是相对低的，编制是没有的，还要听别人的颐指，我心理脆弱，我忍不了。

所以，我想写写年轻人的状态和生活的压力。然而，就在动笔前，又看到这样的新闻，实在是让人痛心。

新闻总会成为旧闻，但历史，永远无法改变。

一化学工程专业硕士三年级学生，因课题实验长期受挫可能面临延期毕业的压力，选择在实验室结束生命，留言希望下辈子做一只猫。

我也看到留言和评论，和以往不同的是，大多数人都给予了爱和关心，慰问。并且分享了自己的经历。

为什么会这样，因为大家都知道，生活不容易。

过好自己一个人的小日子，不难。但想在一个城市立足，却没那么容易。

如果家庭的支持力度有限，结婚，加上车房，这一辈子基本套牢了，事业发展上不能出现什么变故，一旦变故就有可能万劫不复。

哪怕这些搞定了，还有教育和生病两座大山。

一个普通人，能克服以上所有的困难，真的不容易。

所以一些人这么想了，生，不知道是不是我的选择，但死，是。

死是容易的，但痛苦更是成倍转给了自己的亲人，何忍。

更何况，死后真的会容易一些吗？说不定死后的生活更加地黑暗呢？那就没有返回键了。

所以说，生，不知道曾经是不是我的选择，但现在，肯定是。哪怕生活再可怕，再痛苦，我仍会坚守我的底线。同时，我会尽我之所能，活得美好。

也许，我就是一颗尘埃，无人关注，无人在乎，每天受着风吹雨打，千踩万踏，无法动弹。但尘埃，仍然是大地的一分子，仍然承载着大地上的一切，仍然孕育着茁壮成长的生命！

梦境

如果说梦境比生活让人开心，你会不会反驳？

当我做不好的梦的时候，醒来发现是梦，很开心。当我做美好的梦，在梦里能实现很多现实中完全不可能的事，也很开心。

以前总是飞，没想到前几天多了个技能，遁地了。

做不好的梦，比如车祸了，车子丢了。有一次，手碰到一个什么东西，具有腐蚀性，把手指融得见骨头了，醒来，很高兴，原来只是梦。

但梦里你不知道是梦，所以蛮有味道的。

梦就像生活的调味剂，而且它总是出乎意料之外，梦境中又十分真实，有趣得很。

　　然而梦总不能像电视剧一样，一集能接上一集。所以，生活才更需要我们的积累。生活中，我们的每一天，都可以让明天更美好。

女人不容易

女人不易，不单讲她生孩子，撕肉之痛。

女人天生对孩子无限的爱，可以说是一种无私。

比如说，母亲可以晚上自己不睡好，把孩子被好好盖好，作为父亲，我就做不到，我一睡基本就到第二天。

如果没有入职场，当起全职太太，家务事是做不完的，每天又都是一样的事。做饭、洗衣、打扫、收拾，还有孩子的起居，作业。每件事都不能算大事，但每件事都是生活。

这种付出无法简单地量化，也很难看到成绩，有时候不像男人的事业那样显眼。所以很多在外的男人，特别是事业有成的，总觉得自己很了不起。其实，家里的她才了不起。

最近有人批判全职太太，这个话题炒得很热，当过全职太太的，有发言权。其实放在现在，家庭和事业很难两全。关键就是一个人养家，已经是比较难。而且不单是一个人，哪怕是两个普通的职员，养家都有点够呛。

偏偏是再苦不能苦孩子，自己节衣缩食已经够了，就是希望给孩子最好的，希望孩子出人头地，将来不用受自己这样的苦。我相信很多家长是这样想的。

为了照顾孩子，夫妻有时候就会有牺牲，全职太太是较多的，全职奶爸还是比较少的。当然爷爷奶奶带也会有，按湖北卫视某年一个统计，父母带是33%多，姥姥姥爷带是42%多，爷爷奶奶是13%多，老人轮流带是10%多。这么看起来，老人带还是多，但我相信这是工作和家庭不能兼顾所做出的一个妥协，大多数父母肯定还是希望自己带孩子的。

就个人周边来看，把某一方的老人接来，一起住一起带孩子这种情况是最多的。

从以上可以看，当全职太太，牺牲是蛮大的。自己跟社会有脱节不说，很多人还看不起。有时候遇到职场精英，也许也会自我怀疑吧。

如果是兼顾家庭和事业，那么女人显然比男人更难。某些公司存在性别歧视就不讲了，升职的时候，公司同样也会有考量。有时候，还会遇着些手脚不干净，或者居心不良的同事。

两个人过日子，重要的是相互理解、体谅。单靠某一方，总是靠不长久的。偏偏现在的社会，人都过于关注自我。想得最多的，是"为什么你要这样这样"，归总一下，总是对方有问题。其实自己何尝没有问题呢？两个人都觉得对方有问题，这日子怎么过下去。

小霸王倒闭了

前天，在新闻上听到小霸王倒闭的消息。

小霸王，我们那个年代的人懂，现在的孩子不懂。我们父辈也不懂，这是独特的记忆。

我玩的不是小霸王，那时候，爸爸给我买了一台裕兴电脑VCD，蛮先进的感觉，接起之后，就相当于把电视机作为了显示屏，放什么碟有什么功能。

小霸王的卡一张才有几个游戏，好多还是重复的。而VCD的碟，一张盘就有几百个游戏，都不一样，还有比较大的大型游戏，三国志啊，科比历险记等等。说起科比历险记，我都没通关呢。

魂斗罗，一二三都通关，而且是三条命那种，通关了还能奖多出命呢。那时候父亲跟我一起打，老是偷我命。

那时候，我堂兄弟们也常常一起打游戏，像双截龙、忍者龟都需要几个人一起打的。

时代变迁，曾经炙手可热的企业，如今要面临破产，然而这样的事却并不鲜见。

我想，无论是谁，你在它最巅峰的时刻，告诉它最终的灭亡，它都不会相信的，事实却并非如此。我记得大二的时候，2008年，买的一个三千多的诺基亚N86，那时候，感觉就是一个奢侈品，拍照也是杠杠的。触屏刚出来的时候，我也很抗拒，我还想，手机屏这么划，划坏了看你们怎么打电话。

那时候，有些手机带手写功能，写多了不也划得连屏都看不清了。但科技的进步真的吓人。现在会有人担心触屏手机屏会被划坏吗？外面加个壳都不影响点触的灵敏度。

所以说，环境变得太快，科技的进步也快。不保持开放的思想，不持续学习，一放松就会被时代抛弃。

　　无论主动，还是被动，都得赶上时代的潮流，时代不为任何一个人停下脚步。

　　但是我仍然怀念那个时候的游戏，单纯得就像婴儿，虽然很低的像素，但不影响我们的热情。一种体验、一个团队、各种技术、各种冒险。

　　都将尘封于脑海。

量入为出

多大的脚穿多大的鞋，这是我们的古语，很多人却忘了，或者没有做到。

在物欲的闪烁下，忘了"量入为出"这个事。

手里有粮，心中不慌。这个粮，战时就是粮食，和平时期就是钱。手里有余钱，人都有自信，有个波动也能抗住。手里空荡荡，走路都得小心着点。负了债，就像背了个包，走起来总费点力，但总是要有个限度。如果你背上一个你明明背不起的包袱，你会怎么样呢？

现在有不少人背负了自己明明背不起的包袱，只是因为物欲的刺激，实在是不值，这真是如刀口舔蜜，尝那么一丝短暂的甜，却忽视割舌之患。

千万不要如此短视，还是把握住人生的关键，步步为营才是正解。物欲，是无穷无尽的，它要刺激就刺激吧，你得受得它的刺激。背点包袱没有关系，说明你能承重，但一定要清楚自己的承重能力，否则你必被其压到动弹不得。

象棋围棋

昨天跟孩子下围棋，他又快哭了，不过终于还是没有哭，比之前成长了，很好，很欣慰。

看着他怎么也下不赢我，突然想起了我小时候跟父亲下象棋，也是怎么也下不赢。一开始，他让我双车，后来又让我一车一马，后来让我一车，让双炮什么的。

那个时候，我总想赢他。但是我也没怎么去学习象棋。

所以一直到上班不少年了，我才能赢他。

那几次，我跟他在下象棋，他时而这边被我吃，时而那边被我吃，虽然赢了，但我再也不敢跟他下了。

　　我不是因为自己的成长赢的棋，而是父亲的衰老赢的棋。小时候我那么想赢，现在，我宁愿我永远也赢不了我的父亲。

凡尔赛文

以前没有凡尔赛文，但以后就有了。就像以前没有"细思极恐"，以后就有了。

这是时代的产物。

为什么会产出这么个东西，我的理解是人们在物质上，已经无法弥补现实和理想存在的差距了。

特别是消费主义盛行，各种App让你眼花缭乱。哪怕这些你都不看，朋友圈，里面无非就是心灵鸡汤，剩下的就是凡尔赛，时不时总要相互攀比一下。

还有孩子的教育问题。

孩子可是所有家长的软肋。别的孩子都报班，你报不报？孩子的音乐、艺术，要不要培养？有机会要不要给孩子上更好学校的机会？

我们小时候苦，我们认了，但是我们不愿意孩子再跟我们一样的苦，哪怕现在自己更苦点，也希望孩子更好点。

然而差距是摆在这里的，在省城上学，在市里上学，和在县城上学，在乡镇上学，终归是不一样的。

所以，我觉得心态放平真得很重要，学会接受现实，然后从现实的角度上去努力，步步为营，不失为一种可取的人生态度。

理解

不记得哪个名人讲过这样的话，但大体是有的，他临终前说只有某某能理解我，最后想想，又摇摇头说没人能理解我。

完全的理解肯定是不存在的，有时候你自己还不理解自己呢，叫别人如何理解你。

但是理解一个意思，理解某一件事，某一个行为，作为夫妻，应当是能办到的。

但事实上在生活中，有时候也办不到。

昨天我妻子跟我说，是不是我花你的钱你就舍不得。她还信誓旦旦要自己赚钱花，好像省得我啰唆。

既然如此，还有什么好说的呢，不如不说。

首先我印象里，夫妻关系存续期间，夫妻财产应该是共同财产吧，所以不存在你的我的，不知道对与不对。

其次，我还是希望跟女性朋友普及一些知识点。

有没有发现，商场大多面对的客户主体都是女性。女性的服装店比童装还多，更不说男装了。化妆品、首饰也不少。

除了经济主体以外，女性更加感性，男性偏于理性，也是原因之一。也就是说，女性更偏于凭感觉刷卡。

写这篇文章之际，妻子刚跟我来聊昨天的事，我们沟通了一会，也能增加相互的理解吧，算是和了吧。

现在越来越多的人已经认识到，其实感情好与感情不好，差别并不是吵不吵架。

而是为什么吵，吵了之后怎么应对的。以我这次作比方吧，我是担心她被人营销了，养成不好的消费习惯，总体还是为她着想吧。为对方着想，为家庭着想而吵起来的，就是感情好的夫妻常做的，当然也有鸡毛小事吵起来的，这里把相互生闷气也算进吵架吧，无声的吵架。

如果是为自己的利益吵起来的，并且上纲上线，常常这么做就伤感情。

其次呢，吵了之后，怎么应对。像我们还是小夫妻的时候，一直都是我哄她，她还不理我，一般得一两天。这种很伤精力的，一个热脸贴着冷屁股，还贴那么久没有回应，也只有对妻子了。

所以这种状态不可持续，后来吵架，我也不理她，她也不理我，冷战。虽然很伤感情，但是我的心没有那样累啊，至少是个平等的关系。

现在夫妻关系久了，我发现妻子也懂得主动地求和了，这是一个好事，说明在夫妻关系里把原来自己的个性和锋芒收敛了一些。你敬我一尺，我敬你一丈，所以你开口说一句话，我就要放下跟你生气的状态。这次你让我，下次我会让你，关系才能更融洽。

夫妻关系讲完，再谈这个营销。

我觉得介绍产品是好的，我也会给你机会，也应当给予别人机会。但是现在这个氛围，不是很好。怎么区别有些销售人员掉到钱眼里呢，就是明知道这个产品不适合你，或者没什么用处，他/她依然向你销售，这就是为了钱放弃了一些东西。

问题是现在这种情况很普遍，所以真正从用户角度去考虑反而少了。

这就是为啥现在很多企业都强调"以客户为中心"的理念文化，然而并没有起到丝毫作用的原因。并没有做到，从骨子里他看客户就是钱包，他受着利润的压力他做不到以客户为中心，更不可能从客户的角度去思考。

这样也好，这样的话，真正能落实"以客户为中心"的企业，就能轻易地脱颖而出，也是一个好事。

曾经的小动物们

前几天，养的鹦鹉突然就死了，有点伤心。

这只黄虎皮是老婆买的，为了给它做伴，我从网上又买了一只白虎皮。黄虎皮性格急躁，手伸过去就会啄你，脾气大得很。白虎皮却还好，摸它它都不会啄人的，很温顺，我们都很喜欢。

但白虎皮一点也不喜欢笼子，老是咬啊咬，待笼子里就想出来。所以白虎皮来了之后，我时不时就把两只鸟一起放出来。后来手上拿着食，白虎皮就会飞过来落到手上吃，而黄虎皮却不会，总是跟人有距离。

有时候我坐在沙发上看电影，小白就飞到我背上，自己给自己洗澡。后来我一开笼子，它就会飞到我的肩上。

可惜，它们在外面，老是乱拉粑粑，老婆嫌，就不准我放它们出来了。有一天笼子放在阳台外面，我们上午出去，下午回来的时候，小白就不见了，是自己用嘴把笼门拉上去飞走的。以前它就成功过一次，虽然很困难，但是还是可以成功的。

所以小白就这样飞走了，刚好它飞走之后，天气又转冷了，不知道它在外面怎么样，找吃的还方便吗，过得如何。我们又把笼子放在阳台放了几天，旁边放了草籽，总想着哪天它会飞回来，但是毕竟我们楼层高，飞出去了，回来可能就难了。

而小黄突然有一天，下午还好好的。晚上就不动了，僵硬了。

小时候在老家，奶奶养了一只母猫，也很乖巧，冬天老是躲在火炉边。后来她生了两胎，每胎都是四个。我们几个小朋友每个人都认养了一个。

小猫用羽毛逗着玩，最有意思，甚是可爱。那脚上的小肉垫也软软的，小猫不像狗那样喜欢舔人，它们舌头像桑叶一样，刮刮的。

有一次，有个亲戚要从我们这拿走一两只猫养，奶奶都答应人了，捉到蛇皮袋里。却被我们用一块砖头给换了，没想到那个长辈一直提到家里打开才发现，那时也没电话，后来再来的时候才跟奶奶说，奶奶给我们骂一顿，后面还是捉了两只走了。

还有一个小老弟毛陀，在马路边捡到一只小鸭子，我们跑，它就会跟着跑，我们觉得很好玩，学了生物才知道是印随反应。

最让我念念不忘的是一只小黑鸟，不知道是什么品种，也许是燕子吧。那次我们在厨房，老是听见鸟叫，很近，又不知道在哪里。

之后我爬上去认真找声音的源头，把厨房的油烟管打开了，才发现有两只小鸟，浑身是油。也不好看，毛有点秃。有一只已经死了，正是另一只在叫。

我小心地给它拿下来，然后我们给它清洁，洗澡，喂它吃东西，又给它做了个小窝。

只要在它边上嘎嘎嘎几声，它就张大嘴巴。

养了一阵子，孩子也喜欢，我也喜欢。我还幻想着这是救它一命啊，等再大点，教它飞，再大点，它可能跟我们很熟了。一只鸟跟人很熟，多有趣啊，说不定走到外面它也围着我飞。

可惜听大人的，把窝放在一凳子上，说什么它妈妈会来接它，我就不该信。一个晚上就摔死了。

以后不养宠物了。

我的股海沉浮之路

突然想写一下这篇文章，那就写吧。想入股市赚钱的小白，只要认真读下去，也能有些收获。如果能转变自己的投资思路，应该可以增加盈利的概率。但是想改变命运，赚大钱之类，还是谨慎一些。

知道股市这个概念，是在上大学的时候，2007年。有一个同学年纪已经很大了，我们都称其为"老大"。他就只炒股，上课也很少去。我那时候思想还很传统，我觉得炒股是不好的行为，就像是投机倒把，打心眼里看不起，所以也不去了解。

事实上我肯定错了。回首来看，最对得起我的就是证券市场，谈不上什么耕耘，只不过胆大了些，就有了出人意料的回报，并且改变了人生轨迹。

证券市场本是一个让平民都能投资上市公司的平台和机会，真的很好。有人又讲，你看他们都不分红。分红的也没看你买啊，银行股、长江电力、石化等，高股息的公司也很多啊，你买了吗？没有，嫌涨得慢。

所以讲来讲去，这类股民除了怨，一无是处。想赚钱，首先应当学会找自己的问题，学会谦卑。如果股民都是三观正的股民，市场自然会变成理性的市场，小丑跳舞没有观众，自然也就没人看了，也就不会跳了。这是相互影响的。

回过头来，我因为个人的执着，错过了早早了解股市的机会。虽然2007年是一个牛市，但后面跟着熊了几年，如果真的进入了，赚钱肯定是赚不了的，亏钱的概率大，但毕竟可以更早地学习。

真正入市，是在2015年的牛市末期。2015年的牛市，老妈赚了一套房子，长沙的，当然那时候房价也不高。老爸却亏在里面，所以说，并不是牛市就一定能赚钱。等牛市来临赚钱——这种想法小白也可以端正了，还得靠自己的操作。

2015年的末期，我入了市，但本金只有几万块，所以赚也只赚一点。但我精准地在5170点左右逃顶，所以这个数字很深刻。那时候只是一个感觉吧，看盘的感觉，谈不上技术分析。同时我判断干股跌停这么搞，国家不可能不管，于是每天等反转，果然让我等来了地天板。

偏偏那个早上，有个朋友叫我去谈事情，没有买进。那时候思想也很呆板，觉得没买在最低点，就不想买了。我不知道有没有跟我有一样情结的股民。哪怕是现在，我仍然有这个情结，有时候明知道还会涨，但是不想再进了，宁愿换一个，这个思想其实不正确，自我批评一下。

接下来，谈到我出现的一个问题，也是小白们常犯的一个问题，以过去的眼光看未来。

虽然我赚了钱，但我仍然是小白，只不过运气比较好的小白而已。2016年，我开启了在城投控股上被套三年之路。

那时候的操作是这样的，只买几只股，赚了就跑，亏了就守，守到赚为止，所以基本没亏钱。城投那时候炒重组的概念，股价有两个大主升，当然，那时候我不懂。我只是感觉这只股很强势，跌了就能拉回来。所以我大概是12左右进的，它最高好像有22吧，那时候还叫别人买，还好对方没听我的。

12，一直跌，一直跌，我就一直补，一直补，亏损额越来越大，最高到了40万。股价跌到4块多，这是跌去了60%以上。最高点算就更多了。所以问股价能跌多少？不好意思，有多少可以跌多少。如果你以历史为基准去看未来，你注定是个失败者。

这里有很多小白常犯的错误，比如中间有亏2万的时候，爸妈叫我出来，我不听，我不信他们。股民其实很执着的，水平越低的股民越相信自己。所以现在我跟爸妈之间也很少交流股票，他们买他们的，我买我的，哪怕是我赚了钱，他们被套着，亏了，他们还记得教我，赚了一定要出来啊。你看，他们不会问我这只票怎么样，买入点卖出点怎么样。

所以股票投资这条路，大多是孤独的。有网友讲今日头条里面，怎么到处都是赚钱的？大神遍地都是。我是这么看，有部分是吹牛的，有另一部分许是真实的。以我为例，在生活中我不可能跟别人讲我炒股赚了多少多少，一是低调，二是毫无意义。朋友聊起来，常常也只说，赚了一些，这个一些具体是多少，我不可能告诉你。在网络上呢，为什么敢说敢晒图，反正你不认识，你不会说出去让身边人都知道。

在2018年，特别是年底，真是绝望，都不知道出路在哪里。我相信更多的股民经历过这个历程。无语你知道吗，一路破位，破发、破净，所有的不可能都成为可能，成为现实，每一次加仓都把自己埋得更深。

所以基本面和技术面要一起看，现在来看，城投就是个垃圾股，那时候捡钱的机会多了去了，但我那时没有慧眼啊，所以赚不到。同样的，如果你们没有慧眼，明珠放在你面前，你也说是垃圾。前阵子我老婆一个朋友报了什么理财课，七千多呢。学了什么理论一套一套的。我说她不如把钱给我，我肯定对她更负责。当然真让她选她也不会给我，我当然也不会要。我说这么厉害，帮我分析分析美盈森吧，然后分析一堆，得出结论，该股不行，那时候美盈森4.4。现在一周就4.6多了。刚好后两天就是涨，而且这才刚开始呢。

所以说小白们啊，想收割他们的人太多了。杀猪盘就不讲了，这些散播焦虑卖课的，放大别人的痛苦，然后把课描述成灵丹一样，仿佛你一学习，就能立马摆脱现在的生活，都扯呢。真正讲实话的，太少了。能让大众看见的，又更少了。读者能相信的，就更更少了。

再回到城投，2019年一季度算是出来了，本来是能赚着出来的，但是那时候票涨得太快，怕跌回去，就握不住了，反而亏着两万出来了。三年啊，时间成本太高了。重点不是这三年，而是2018年的低点都看不出，完美错过一次财富升级的机会。那时候连大盘指数我都不看。

所以说思路不升级，小白永远是小白。成不了操盘手。

2019年，年中到年末段，在峨眉山赚了几十万，原因很简单，就是旅游资源的稀缺性，四大名山百年后仍然是四大名山，不会说三大名山，或者五大名山。

让我发生质变的，还是波折。所以人受点挫折真是好事。

就是疫情嘛，大家都知道的。

2019年年末，我重仓了海航，不只是重仓，可以说基本全仓吧。正因为仓位太重，所以踩得太深，仓位不那么深，操作的空间会更大。疫情开市两天，我直接亏损突破100万。

但这个100万并没有吓到我。因为它是直接跌停，我反而更有信心，因为直接跌停，并且是大面积的跌停，并没有交易量知道吗，就是股份并没有发生大量转移，这是一种典型的情绪破位。如果是大成交缓慢下挫最后跌停，那我真的挂在里面了。所以这100万，我没有感觉，比原来亏40万感觉还淡然一些。

过程就不讲了，海航反倒是因为一个假消息，让我出来了，并赚了几十万。而我一直重仓并相信的北大荒，居然因为我调几天想把双良节能救出来而完美错过。万般皆是命啊。这个公司我一直看好，一直持有，又打算拿着分红的，居然在行情前一天全仓出去了。

股市很有意思的。真是有意思。

之后有一阵，每天都是10万以上，我就不看盘了，反正收盘看一眼。

然而突然就下挫了，偏偏是那个周末，跟老婆闹矛盾。

我心情很不好，周一上班前就发了一段批评她的话，她应该也是回我了，吵架升级了，情绪更差了，股市也转向了。我亏完了。

这个事告诉我们，家和万事兴。各位读者，你们也要记住，比起钱，你的身边人，老公、老婆、孩子、父母，更重要。

好了，后来我爸知道了这个事，他没有任何可惜的意思。现在证明他是对的，因为我亏得出，也回得来。只是那时候老妈一个劲说可惜，可惜。

老爸跟我分享了他股市这么多年亏出来的一个经验，但他自己却没有做到。所以知道和做到完全是两码事。我拿去对比和印证，发现他的方法居然是可以的。同时，在他的基础上又进一步升级。

网络上，好多宣称一万炒百万,百万过亿的。我是不认同的。首先我建议资金量少，不要炒股，其他渠道增收更快。比如你只有一万本金，你在股市里多赚一千，是很难的。而你多打份工每月收入增加一千，相对来说容易得多。

小资金去天天盯盘，毫无意义。浪费你的时间，也形成不了资本积累。

当然，学习一下是可以的。5——10万，都不适合做分仓，最好是一把梭，赚了就走，实现本金积累，但这对买入点和预判的要求就很高了。

思想决定行动，行动产生结果。想要好的结果，得从观念下手。如果树立了错误的观念，就不能怨自己为什么得不到好的结果。

利令智昏

　　前几天在网上看到一个新闻，有些人在一个什么动物世界的App上被坑不少，好像还有几十万人吧。就是App每天投放一些虚拟动物，大家来买，来养，去卖。

　　什么老虎、狮子、大象什么的，一只还不便宜，一只就几千块钱，养一两个月，再卖给别人，赚个10%的差价。

　　听得我很无语啊，现在人的智商都那么低了吗？这不就是玩游戏吗？你把玩游戏当投资，投个十万几十万，还准备赚钱，这是想的啥呢？

如果以价值论来说，你的那个动物，值个啥啊？

这几天又看到一个购物平台，买一送二。买一件商品可以两折价格再买两件，然后这两件你可以不提货，而是挂在平台上卖给别人，收益你拿七成，大概是这样吧。

听起来是不错的，但是一个关键，这个平台商品的价格是正常价格的20倍。

我只能想到标题上的四个字，利令智昏啊。是不是只要告诉你，你是有机会赚到一个亿的，你的智商就会瞬间下降？

我一个亲戚，曾经以各种平台各种投资方式，收割了不少亲戚和朋友，包括我的父母，包括家族里面有实力的企业家，以及没实力的打工人，但我独善其身。我无论投资实业还是投资平台，都还没踩过坑，我想我是可以分享一下我是如何避开这些坑的。

首先不想自己能赚多少，而是想想平台靠什么赚。一个稳定的商业模式肯定要有正常的商业逻辑。很多骗子公司或者骗子，他喜欢强调你的收益性，包括收益很大，收益很稳定，可惜我对这些并不感兴趣，所以我就会产生反感。

你把平台或者这个项目的逻辑分析清楚，它的盈利点到底在哪里，如果是互联网那种绕来绕去的神逻辑，也没关系，抓准最后的买单人，然后问自己，买单人凭什么买单。

像上面的两个平台，都是要靠不断的后续人来买进，买动物，买商品，才能维持。一个虚拟动物价值几千吗？一个商品价格提高到20倍，还有多少人愿意买？那么没有人买单，它就倒了。

第二个，是运营人。投资就是投人。人投对了，项目错了，人还在，对的人不会辜负你。也许你亏，你也不会全亏。他知道这次你亏了，他会记得。下次赢了，能给你补回来。不要说哪有这样的人，有。节衣缩食把财产捐出去的人都有，世界之大，什么人都有。找不到这样的，至少找相对靠谱的。人不靠谱，再靠谱的项目或者平台，一样会倒掉。

当然，有些人本身就是怀着侥幸心理做的，并不是不知道这是骗，只是幻想自己不是最后一个接棒人而已。这种人既然他已经权衡了风险和收益，那也没什么好讲的，你自己去蹚浑水，那你就认栽呗，事后不要怨。

　　这让我想起那个招聘最佳司机的故事，谁可以快速冲向悬崖又停在离悬崖最近的地方。而我就是那个宁愿不要这份工作，也不会向悬崖行驶的司机。

特殊的孩子

　　今天是第一次给困难家庭面对面地送东西，协会组织的，二十多个孩子。

　　很难想象，我们正常的孩子，有时候他不听话了，或者哭，躺地上就不起来，你去把他抓起来。这个动作，是一个幸福的动作，温馨的动作，平常的动作。而今天，我看到不少妈妈，就是以这样的动作，扶着自己的孩子，有些是抱着自己的孩子，孩子很大了。

　　有些是脚不正常，有些是手不正常，有些是腰不正常。

　　我不敢有什么异常的举动，装作平常的样子，生怕刺痛他们。

一样的动作，却是两个世界。

我有个朋友，他告诉我他孩子是自闭症时，是那样平常，但是我不能想象作为父亲看到自己的孩子这个样子，心里有多痛。

上面这些孩子们，也许是因为生下来就这个样子，或者意外变成这个样子，再将家庭拖垮成困难家庭，或者让原来困难的家庭变得更加困难。

但终究是自己的孩子啊，谁能给你一个解释，谁又能帮你彻底解决这个问题。没有人能。

这让我不得不时时怀着感恩的心，感恩自己目前尚好。也警戒自己任何情形下也不要不可一世。一个意外，就可以将你从天堂打到地狱。

协会每个月都给这些家庭送米，也许能缓解部分家庭的经济压力。

当你在追逐名车豪宅时，也许有些人的目标就是好好地活下去，平常地过下去。连这样也有些奢望。

　　十分希望，他们能一天比一天好，希望之光也能降临在他们身上，让父母的坚持变得更有意义。

独立思考

信息时代，信息的大爆炸让人接收信息都是做不来的。哪个App，都是刷不完的，信息是无穷无尽的。正是因为这无穷无尽的信息量，使人不自觉地对信息的处理越来越敷衍。

绝大多数人都丧失了独立思考的能力。

以前是三人成虎，现在呢，可能什么东西放在网上面一搜，怎么写的就怎么信。讲起来都是网上说、网上说。

网上说早晨起来要喝水，网上说吃什么东西能防癌，网上说买这只股票必涨。至于为什么，已经鲜有人去追究，去思考了。

独立的个体，就应当有独立的个性，就应当有独立思考的能力和习惯。

女人的情绪

我搞不明白女人，特别是我妻子。

也许女性思维模式就是跟男性的不一样，这样的话，在她眼里，她也不懂我，我也不懂她。

思维模式差别这么大，不知道怎么相处。

从最开始，她生气，我哄她，现在她生气，我已经不想理她了。我实在是做不到了。

今天早晨，就因为吃早餐。我送了儿子上学，又送女儿上学，送完女儿上学，顺便吃了个早餐。在楼下了，打电话来，让我给她带个早餐。我说我已经在楼下了，家里还有粥你吃吧。当时心里就生气了。

我真不知道女人为什么那么爱生气，哪有这么多气。讲白了，老生气就是肚量小嘛。肚量怎么会那么小，她们也许会以小见大，一点小事就上纲上线。但是她们居然会把最温柔和善的一面给朋友，甚至陌生人。

这个我真无法理解。

我觉得我老婆甚至连尊重都不会，生气就甩脸子，高兴时又喊你特甜。所以现在她跟我感情好时我都不信，我觉得太假了。

但是总的来说，老婆是善良的人，没什么坏主意。对孩子们也好。大多数方面，也没那么计较。

相敬如宾的日子注定是个梦，平常人的日子，只能期望家吵不散吧。我真心地希望所有家庭的沟通模式能升升级，更友善地沟通，生气能把原因说出来，不是原则性问题，能给予对方以宽容。

有一个万能沟通方式，即陈述事实＋我的感受＋我的需要。我把上面的沟通改一改，你知道我在家，你去吃了早餐，却没有帮我带，我感觉不受重视，我感觉被忽略，我希望你能帮我带早餐，希望你能把我放心上。

我会这么回答，老婆，我是送孩子顺便吃个早餐，如果家里粥你不想吃，你告诉我你想吃啥，我现在给你去买。

老婆以前跟我住毛坯房的时候，真的是任劳任怨，她那时的付出，我都记在心里。所以这一路走来，她想工作就工作，不想工作就不工作。

当年想去大城市发展，权衡了一下，就停薪留职去了南宁。她说别人都住某某小区，我们就也住在了那个小区。实际上住宿的开支那么高，再加上生活费，赚得少花得多，生活怎么持续？我不知道她思考不思考这些问题，反正那个时间段，我很焦虑。

我老婆也很仗义，我到长沙，她把南宁的工作辞了，跟我到了长沙。

我老婆性格大大咧咧，有好的方面，也有不好的方面。那个时候，我在长沙送快递，风里来雨里去，最让我感动的，是大宝每天下午，都到小区保安室帮我放快递。

后来有一段时间，老婆孩子她们回去了，我一个人在长沙打拼。每周末都高铁回，高铁票积出厚厚一叠，赚的钱都给房租和高铁了。

再后来我又回到单位，单位的效益逐年有上升，日子好了一些，两辆自行车换了两辆小车。我俩也时不时去旅行，当然期间也会有争吵，也会有讲和。

吵的时候，谁都不想理谁。有一次夏天的晚上，我搬个凉席搬个毯子睡到阳台去了。我是个重感情的人，跟我玩得好的兄弟，基本是一辈子的兄弟，哪怕没有交往，感情也很难变淡。所以我天南地北都待过，兄弟也不少。所以刚开始和妻子吵架时，很不适应，整夜地睡不着觉，很烦恼。

记得有一次在廖田镇，晚上吵了架不和好，第二天早上我要大概六点起床到市里赶一个会，约40分钟车程。我一晚上睡不着。

极端情绪化的人就是经常会做自己后悔的事情，但又怎么样呢，情绪来了她一样控制不住自己，这不是重点，重点是她压根没想过改变，那就很让人恼火，自己有问题，自己不认为自己有问题。

从开始的整夜睡不着，围着她哄，热脸贴冷屁股，到现在相互不理睬。我老婆还是没有变，她好的时候跟你很好，不好的时候翻脸就不认识你。但我变了，她好的时候我也不会跟她特别好，她翻脸的时候，我也不想理她。

至少没有以前那么痛苦了，日子就这样过吧。

条件好了之后，我们常常旅游，连小周末我也待不住，总想开车到哪里去玩一下。每次去玩，孩子们总是很开心的，大人也很开心。

现在从单位出来了，总体还是凑合吧。日子越来越好，我还是有信心的，希望老婆能跟我和和气气地过好日子，家和万事兴嘛。肚量能更大一些。当然，我的肚量也得跟着变大，就当是修行的一部分了。

新的征程

将这篇文章放在2020年的结尾，也是本书的结尾，人生就是体验，明年开启新的征程吧。

前路茫茫，但事实是，人就是这样一路茫茫地走过来的，虽然有什么人生规划、职业规划之类的，然而以我的个人经历去判断，变数大过于定数，计划赶不上变化，环境变了、时代变了，只能跟着变。

所以迷茫的状态本身就是正常的，谁在路上都迷茫，说不迷茫，那是因为走出来了，骗别人呢，吹嘘呢。

但迷茫是长期的，当下的工作，仍然很多，没有头绪，就理一理，动手来做。没什么定理死理可言的，就这样顺从自己的内心去干吧，尽力了就好。

　　一直努力下去！